2026
종합문예계간문학춘하추동

시 조 선 총

문학 춘하추동

2026년

종합문예계간문학춘하추동
시조 선 총

〈31인〉

문학 춘하추동

『문학춘하추동』의 종합 문예지가 세상에 태어나서 4살의 첫 걸음을 내딛는 즈음, 참으로 수많은 시조인들의 작품들이 본 지를 통해 발표가 되고 우리의 시- 시조, 정형시를 사랑하는 마음을 보았습니다.

그 시조 사랑의 마음을 『문학춘하추동』시조 선 총으로 담아 내려고 준비하였습니다.

우리의 시조는 43자이며 형식과 자수를 넘치지 않으며 함 축의 미를 찾아서 음률이 살아야 하는, -시조에는 옛부터 내려오는 형식이 있습니다. 현대시조라는 이름으로 한 두 자 허용한다는 것이 아니고 초. 중장은 마음대로 늘여놓고 종장에 3,5,4,3을 지켜서 이것이 시조다 하는 분들이 너무 나 많습니다. 참으로 안타깝습니다

얼마 전 프랑스에서 한국의 시조를 인정하면서 45자까지만 허 용한다는, 우리나라보다 더 엄격한 잣대로 시조 쓰기를 인 정한 것을 보면 참으로 우리는 부끄러워해야 할 일이 아 닌가 싶습니다. 『문학춘하추동』에서는 43자에서 45자까 지는 허용하고 있습니다. 본지를 통해 발표하는 시조인 들 께서 그렇게 지키고 있는 것입니다.

오늘날 정형시조의 참 맥을 지켜가는 춘하추동 인이 되 어 시조 보급에 앞장서길 바랍니다. 어렵게 한 수 한 수

창작의 길을 지켜가시는 시조인 31명의 작품을 이곳에 담았습니다. 『문학춘하추동』의 시조 선 총에 참여하시어, 진정한 정형 시조를 쓰고 계신다는 자부심으로, 오늘 이 시조 선 총집을 세상에 빛을 볼 수 있도록 함께 하신 시조인들에게 감사의 인사를 드리며 더욱 습작과 창작의 결실을 거두시어 대한민국의 정형 시조 지킴이로 우뚝 서시길 기원합니다.

여러분들의 문운이 함께 하시길 바랍니다.

문학 춘하추동 발행인 고현숙

목차

강성효

등단 : 1996《한국시》12월호.
2007《시조문학》겨울호.
수상 :《광나루문학》대상, 제22회 목양문학 상.
《시조문학》제7회 오늘의 좋은 작품집 상.
시조문학》제18회 올해의 시조문학 작품 상.
제9회 무궁화 벽송 시조문학 상.
문학춘하추동 이사

나이테

계절의 변화 따라 나이테 달라지듯
세태의 부침 따라 경륜도 조악(粗惡)할까
철석도
녹고 삭으니
사람인들 다를까.

봄날

입춘 지나 우수 경칩 날씨도 화창한데
마음속 찬 바람은 언제쯤 풀리려나
봄 속에
봄날을 찾아
이리저리 헤맨다.

새해

새 달력이 걸리고 날도 달도 새롭구나
복 많이 받으세요 덕담 소리 정겨워라
동천에 솟은 태양도 오늘따라 희망차다.

새집 지어 이사 가면 새사람이 될까요
작은 집에 사는 사람 사람도 작을까요
새해라 새사람 되랴 속사람이 변해야지.

공룡恐龍 매체

헛소문도 자라면 새끼를 치는갑다
이리저리 새끼 팔아 돈벌이도 되는가 봐
돈 앞에
눈과 귀 멀면
못할짓도 없겠다.

그래도 사랑

기계가 아니어서 고쳐 쓸 수 없다 마라
봄볕에 설산 녹듯 아무려면 사랑이야
뜨거운
가슴 나누면
돌이라도 녹으리.

버리고 가기

사람이 낡아지니 도무지 쓸모 없다
좋은 말로 은퇴라지 재생 불능 퇴물들
살아도
산 게 아니다
뵈지 않는 투명 인간.

세월이 버렸다고 세월 탓 하지 말자
못 본 듯 아니 본 듯 저 홀로 나도 홀로
훌훌훌
털어버리고
몸도 맘도 훨훨훨.

치매

빈손으로 간다 하니 먼지 털듯 두 손 털고
힘에 겨운 명예 자랑 멍에 벗듯 훌훌 벗자
죽어라
숨 쉬어 본들
그것 또한 바람 한숨.

피붙이 살붙이도 때 되면 떠나가고
백년해로 못 믿을 님 세월 강에 쓸려갔나
무엇이
더 남았으랴
나를 잊은 내 품에.

강원산

시조미학〈시조〉신인상
문학춘하추동〈시〉신인상
목포 예술문화제 목포시장 상 수상
목포 예술문화제 국회의원 상 수상
문학춘하추동 작품상 수상
한국시조시인협회 회원
광주 전남시조시인협회 이사
한국문인협회 목포지회 부회장
종합계간지 문학춘하추동 부회장
목포 시조문학회원
목포 동시샘문학회장

등대

누구를 기다리나
외로운 외등 하나
밤을 새운 퀭한 눈빛
수평선에 던져놓고
갓밝이 부신 햇살에
그만 눈을 감는다

눈 감으면 떠오르는
먼바다 파도 소리
그리워 그리워서
잠 못 드는 난바다의 밤
얼마큼 파도를 넘어야
그대 곁에 가 닿을까

절집 돌탑 앞에서

바위틈 굽이돌아
숨이 가쁜 물소리
산사의 고요함쯤
나 몰라라 하고 간다
손 담궈
말리려 하니
부질없는 짓이란다

못 버린 욕심 하나
어쭙잖게 올려놓고
비손 대신 묵언 소원
빌다가 얼 없어서
올린 돌
내려놓으니
마음 길이 훤하다

처서

여름이 가는 길에 매미 흔적 지우고
잠자리 등에 업혀 가을이 자리하니
더위가
고개 숙이여
바람결이 서늘해.

빈집

텃밭은 주인 잃어 잡초가 점령하고
빈집은 기척 없어 바람만 오고 간다
햇살이
엿보는데도
조는 듯 적막하다

고향 집

햇살이 엿보는데 기척 없는 돌담 집
텃밭에 잡풀들은 조는 듯 적막해도
고향은
길섶 잡초도
향기를 나른다

어머니 세월

굽은 등 못 펴보고 살아온 우리 어매
하세월 시집살이 허리 휜 가슴앓이
골주름
깊은 곳마다
배어있는 한숨 소리

팔베개

팔베개 편히 베고
잠이 든 예쁜 손녀
무슨 꿈 꾸며 잘까
옹알이를 하며 잔다
살포시
번지는 미소
볼우물에 담겨 있네.

어릴 적 내 모습도
저리 따듯 하였을까
아버지의 아버지
다독임에 꿈을 꿨을
어린 나
겹쳐 보이네
예쁜 손녀 모습에서.

고현숙

아호: 서향書香
자유시, 수필, 시조 등단
시조문학 작가상, ,오늘의 작품상,
제36회 한국시조문학상수상
문인협회, 여성시조협회 회원 외
종합문예지 문학춘하추동 발행인
춘하추동 출판사대표
시집『그대 잠든 창밖에 바람이 되어』
단시조집『뜨락에서 우는 바람』

섬 섬길 카페

잔잔한 호수처럼 펼쳐진 넓은 바다
햇살은 품을 열고 섬까지 끌어안네
마음은 시선을 따라 수평선에 닿았다

음악은 강약 타고 귓가를 간지르고
간간이 들려오는 사람들 넋두리가
들리듯 끊어지다가 바다 속에 잠겨든다.

눈앞의 돌섬 하나 물결은 애두르고
집 찾아 돌아가는 고깃배 외로워도
숨 쉬는 모든 것들이 하나 되어 설렌다.

가을에는

쓸쓸한 바람 소리 길 위에 맴을 돌고
고운 듯 얼굴 위에 찾아든 엷은 미소
떨어진
잎새 위에도
삶의 얘기 가득하다.

시간을 부여잡고 사위를 돌아본다
더욱더 깊어가는 계절의 완숙함은
설렌다
작은 마음이
비움 끝의 평화로.

사노라면

걸어온 길에 서서 뒤 돌아 보았더니
봄 가고 여름 가고 추억도 떠나가네
벗어낸
생각을 털고
비운 마음 가볍게.

보아도 못 본 듯이 다독인 정성들이
흔적만 남겨두고 바람으로 떠난 자리
창밖의
달빛을 보며
새 아침을 기다리네.

지리산 노고단에 올라

하늘이 품어 안은 산마루 정상에는
흰 구름 고요하게 무게를 내려놓고
부대낀
세상살이가
부질없다 말하네.

눈부신 구릉마다 사연은 가득한데
한 조각 바람 되어 끝없는 길을 가네
내일을
맞이해 보면
내 흔적도 남았을까.

초가을 노고단에 내 숨결 남겨두고
길가에 들꽃처럼 외로이 흔들리며
돌리는
발자국 뒤로
안녕이라 말해 본다.

인연

봄 여름 지나가고 가을이 오고 있다
몇 차례 바뀐 계절 기억도 아슴한데
끊어진
인연의 자락
아픔만은 선명하네.

살다가 문득문득 가슴이 미어져도
그때는 그랬노라 할 말을 남겨두고
시선은
하늘을 향해
추억들을 던져둔다.

구충회(具忠會)

아호 동호(東湖) 문학박사. 문학평론가, 시조시인, 시인, 수필가.
1943.05.12.일생(충남 보령)
건국대학교 문리과대학 국어국문학과 졸업
고려대학교 교육대학원 국어교육과 졸업(교육학 석사)
가천대학교 대학원 졸업(문학박사)
고려대학교 교육대학원교우회 제11대 상임이사
『시조생활』 시조 등단(2011), 수필 등단(2014),
시 등단(2016). 문학평론 등단(2024).
한국시조시인협회·한국문인협회·국제PEN 한국본부 회원 외
시조집:『노을빛 수채화』,『천년의 메아리』,
『미네르바의 연가』,『계절의 향연』(영문 번역본),
저서:『바른 언어생활』외.
논문:「불굴가·단심가·하여가의 시적 의미와 주제 의식」
외 다수. 세계전통시인협회 한국본부
작품상·학술상·시천문학상, 매헌문학상 대상,
한국시조시인협회 신인상,
한국시조협회 대은시조문학상 대상 수상.

시조, 달나라에 도착한 날

내 시조 〈달에게〉가 달나라에 착륙했다
발사 후 45일 동안 비행 끝의 쾌거다
꿈에도 생각 못했다, 이런 날이 올 줄을.

한글 나이 579년 시조 나이 700여 년
한글로 쓴 우리시조 8편이 달로 갔다
우주선 블루 고스트가 큰일을 해낸 거다.

기후 변화 위기는 유령처럼 다가오고
중병이 든 지구는 불치의 환자가 됐다
살길을 찾아야 한다 달나라로 가보자.

청자를 보며

성골의 뼈를 갈은
하얀 흙이겠지

산이랑 강에다가
달빛 뿌려 빚었으리

아뿔사,
학이 날던 날
도공은 눈멀었네.

열대야

땀 냄새 찌든 하늘
먼동 트는 새벽녘

선풍기 혼자 돌다
기진맥진 늦잠 들고

잠 설친
허연 낮달이
누런 하품 쏟아낸다.

목련꽃 사랑

달빛에 드러나는 속살이 수줍은가
행여 다칠세라 옷깃 여민 순결이여
내 마음 나도 몰라라 뒤척이는 하얀 밤

햇빛에 드러나자 시리도록 뽀얀 살결
차라리 내 눈멀어 보이지나 말 것을
서럽게 아름답구나, 눈꽃 같은 여인아

불현듯 어느 날에 저 꽃잎 지고 나면
어쩌나, 내 사랑 목련꽃은 간 데 없어
내 마음 하얀 손수건 노을빛에 젖겠네.

가을 소묘(素描)

낙엽 지는 소리는 단조의 메아리다
작별을 잉태한 사랑이기 때문이다
노을이 시들 때마다 사랑이 지고 있다

귀뚜리 우는 소리 잠 못 드는 밤이면
피에타 마리아의 소리 없는 통곡처럼
가을은 눈물 없이도 우는 법을 가르친다

내뱉는 말보다는 생각이 깊은 계절
사색은 충만하고 지성은 깊어 간다
가을은 심연 속으로 가라앉는 침묵이다.

권재도

안동고등학교 졸업
사진작가회원
문학춘하추동 시조등단
문학춘하추동 이사

그리움

비 온 뒤 실안개가 골 깊이 감아 돌고
후덥한 더위마저 곁에서 멈춘 시간
어딘가 재즈 선율에 옛 추억만 슬픈 하루.

마지막 삼배 작별 아직도 아른한데
산날망 저 구름은 내 마음 아는 듯이
가는 듯 제자리에서 다시 눈물 흘리네.

대추나무

늘어진 가지마다 사랑이 주렁주렁
힘들다 말 못 하고 지팡이 의지하는
모성의 위대한 사랑 자연에서 본다네.

어버이 사랑

잣대로 재어봐도 그 끝이 안보이고
무게로 알려 해도 도무지 모르겠네
일평생 받은 사랑에 내가 여기 있거늘.

중독

열풍이 불어오고 한설이 몰아쳐도
한 잔씩 손에 들고 행복한 미소 짓네
오늘도 함께 한다네 사랑스런 얼죽아

*얼죽아: 얼어 죽어도 아이스 아메리카노

가을

황금빛 저 들녘에 외로운 허수아비
참새떼 몰려오니 팔 벌려 환영하고
바람도 지나가다가 같이 놀자 한다네

겨울 풍경

시린 듯 파고드는 북극성 손님 오니
처마 끝 왁자지껄 고드름 춤을 추네
황소가
울고 있는 밤
살얼음이 익는다

여울목 추운 듯이 밤드리 애원하고
바람은 소리 없이 이불속 파고드네
문풍지
떨고 있는 밤
한겨울이 지난다.

이별

꽃보라 휘날릴 때 오월의 꽃잎 타고
소쩍새 울음 따라 불현듯 가시었네
가없는 눈물 골짜기 시나브로 오간다.

풍경

동백꽃 남도길에 찬바람 내려오니
기러기 길을 잃고 구슬피 울어예네
슬픈 듯 저녁 하늘도 고운 아미 숨기네

김민지

경남시조회원, 경남문협회원
문학춘하추동 이사
2009년 계간 ≪시조문학≫ 신인상등단
2018년 시조집 『타임머신』
2018년 시조문학 작품상수상
2019년 경남 문협 우수 작품집상

어머니 무덤가에 가면 할미꽃을 만난다

할미꽃 듬성듬성 나를 보며 웃는다
희미한 그리움이 옷소매를 적시고는
철없던
지난날들이
소낙비로 내린다.

오늘도 그 길 따라 급히 나선 발걸음
막내둥이 또 왔냐고 솔바람이 전할 때
그 옆에
여러해살이
한들한들 춤추네.

그리움

꽃피고 지는 세월 몇 번을 헤아렸나
머무른 그 정거장 기다림만 쌓이네
다시금 봄이 되고서 사랑임을 깨달았네.

동거춘래

꽃물결 내려오니 하품하며 앉았네
밤사이 서릿발이 베어간 상처 자리
새봄을 기다리면서 아픔까지 껴안는다.

천사병원 1004호

진달래 건네주며 내년 봄 기약했지
육신은 잠들었고 넋은 빛을 따라가고
다시 올 인연이라며 연등처럼 밝혀지네

웬만하면

참는다 웬만하면 말없이 다 삼킨다
아프단 말조차도 젖어도 감춘다네
이유는 하나 뿐이다 함께 가야 하는 길

풀꽃

발길에 부딪혀서 꼬부라져 자빠져도
동살에 이슬 머금은 이른 아침 바라보며
이 세상
살아가는 힘
온몸으로 맞이한다

비바람 몰아쳐서 흐트러진 작은 몸짓
밤새껏 뒤척거려 돌아본 새벽녘에
기어이
새날을 맞아
뿌리 잡고 일어선다.

행복 수치

살아온 모진 세월 석양길 편안하네
조금은 쉬운 인생 살아도 되는 것을
오늘은 사랑하는 이와 노래라도 불러보자

어디쯤 왔을까

혼자서 넋 놓으며 어디에 서 있는지
오늘도 내일처럼 내일도 오늘처럼
아직도 알 수 없는 길 서성이며 서 있다.

김방순

샘터 수필 문학상, 광양문학상 수상
전국호수예술제 운문 은상 수상
환경살리기운동 제3회 학생 시민 환경백일장 운문 수상
코로나 극복 수기 우수상
강원 제8회 강원 동시조 신인상 수상
제4회 윤동주 별 문학상 수상
제1회 강원 디카 단시조 우수상
동산문학 작가회 부회장
국제펜클럽 한국본부 광주위원회 이사
광주문인협회이사
초록 동요회 재무국장
자서전 〈내 삶이 햇살처럼〉 출간
시집 〈마음의 쉼표〉 출간
동시집 잠자리 비행사

겨울바다

드넓은 바다 빛깔 푸른 빛 채워놓고
끝없는 파도 울음 눈앞에 담아낸다
어쩐지 쓸쓸해 보이는
그날의 모래사장

온몸이 얼어붙은 매서운 겨울바람
고개를 파묻은 채
걸음을 재촉한다
바다는 가슴을 펴고
어서 오라 손짓해

모진 풍상 안고 산 차가운 겨울바다
소금 눈물 절여진 울 엄마 헤집는다
너울에 휩쓸린 아픔
사랑으로 감싼다

폭우

먹구름 하늘에서 쏟아지는 장대비
천둥과 번개 사이 빛으로 날아온다
우리는 약속 장소로
가야 하는 시간에.

침수된 현장에는 경비원 위험신호
지름길 가야 하는 몇 미터 앞에 두고
섭리를 거슬러 가다
멈춰버린 승용차.

폭우는 강물 되어 사납게 달려온다
굴러온 돌멩이도 한순간의 아우성
빗물이 바다가 되는
이변을 보게 한다.

물 같은 마음

한여름 무더위가 시원하게 펼쳐지는
호수의 반짝거림 보석처럼 빛난다
내 안의 파닥거림은
물이랑을 이루고

시원한 물 한 모금 정신이 개운하듯
몸속의 혈관 타고 심장에 전해오는
포근히 스미는 순간
느낌표가 피어난다.

어느 곳 머무를까 막힌 길 뚫고 지나
바위가 막아서도 부드럽게 돌아가서
언제나 낮은 곳 찾아
마음 가득 채운다.

수술하러 가신 날

장독대 뚜껑 덮고
병원 가신 울어머니
자식들 걱정할까
아파도 괜찮은 척
영원히 올 수 없는 길
가슴에 와 박힌다

닫힌 문

세상은 아름답게 물이 들어 가는 것
둥글게 어울려서 모가나지 않는 것
인생의 문이 열릴 때
빛살 선뜻 빨려든다

찻잔 속의 여유(연잎차를 마시며)

눈부신 아침햇살 정답게 윙크할 때
따뜻한 차 한 잔이 온몸을 감싸준다
진흙 속
물들지 않고
맑은 마음 스민다

찻잔을 받쳐 들고 고요히 하늘 보니
연둣빛 걸쳐 입은 향기가 녹아든다
영롱한
달빛 머금고
어머니가 오신다

김석철

『詩文學』詩 추천, 1980년『月刊文學』시조 당선.
한국문인협회 이사, 한국시조시인협회 부이사장,
국제펜클럽경기지역 위원장, 경기시조시인협회회장,
『한국미소문학』고문, 월간『韓國詩』심사위원,
현재 : 한국문인협회 문인권익옹호위원,
한국시조시인협회 자문위원, 국제펜클럽한국본부 회원,
경기도문인협회 자문위원, 한국시조협회 고문,
계간『문학춘하추동』고문, 계간『한국작가』편집자문,
한국진로적성연구원 원장
시, 시조집 :『바다 風景』『바람처럼 구름처럼』
『참 선비의 그 뜻은』『가을 산책』『시간 위에서』등.
문집『교정에 내린 햇살』
노산문학상, 황산시조문학상, 백양촌문학상,
국제문화예술상, 한국시조문학상, 월하시조문학상,
경기문학상, 경기예술대상, 성남시문화상 외 다수

남한산성

아직은 살아 있는 회한의 시간 저쪽
매바위 설운 전설 산새들이 울고 간다
보아라
조선의 참솔
짙푸르게 얽힌 숲.

바람이 잠들어도 천연요새 맥이 뛴다.
한강물 굽어보며 불태우던 젊음의 피
듣거라
수어장대의
저 쩡쩡한 불호령.

그러려니

본 것도 못 본 듯이 없는 것도 있는 듯이
할 말을 줄이면서 욕심일랑 삭히면서
한평생
그 깊은 철학
포용하고 사나니.

좋은 생각

슬며시 열려오는 해맑은 아침처럼
새로운 일깨움이 마음에 스며들어
한순간
환히 트이는
빛이어라, 빛 부신.

고향 생각

푸성귀 꽁보리밥 달게 먹던 어린 시절
맨발에 헌 고무신 까까머리 선머슴애
무명옷
앙가슴 열고
부끄런 줄 몰랐지.

고샅길 내달리며 천방지축 놀던 시골
앞 방죽 헤엄치고 뒷산에선 병정놀이
뜬구름
하늘만 봐도
어쩜 그리 좋았던고.

연꽃 · 1

무엇을 탓하랴 모든 게 조화 속인 걸
진창에 빠졌어도 그러려니 웃고 있는
저 평온…
깊은 속눈의
헤아림을 아는가.

소나무

비바람 무서리랑 강추위가 후려쳐도
골안개 향 피우고 천년 버틴 몸이렷다
벼랑이
만 길이어도
하늘로만 향한다.

촛불

맨몸으로 다스린 삶 꿈길처럼 아슬하다
바람 일어 아픈 설움 의지 모아 견뎌내고
혼신의
불씨 하나로
밝혀가는 둘레여라.

끊임없이 뻗쳐오는 유혹의 검은 손길
애타는 갈증 속에 순간에도 집념 세워
어둠 길
험한 풍파를
목숨 살라 밝힌다.

김승재

전남 진도군 지산면 출생, 2013년 《시조시학》 등단,
『돌에서 길을 보다』, 첫 시조집 수석 컬러 출간
『돌과 함께 가는 길』(수석인 협찬금) 수석 컬러 출간
『허수아비』 한국대표정형시선 출간
『대왕암 억새』(울산 문화재단 기금) 출간
『돌의 울음』(절장시조,시에그린 시화박물관 협찬)수석 컬러 출간
『돌을 보는 일곱 가지 방법』(진도문화진흥기금) 수석 컬러 출간
『가사도와 진섬 사이』 조운문학상 수상 기념 시조집집(고요아침)
2017년 중앙일보 중앙시조백일장 장원
2019년 시조시학 젊은시인상 수상, 2024년 조운문학상 수상
『가사도와 진섬 사이』 한국출판문학진흥원 우수도서 나눔 선정
2026년 춘하추동 시조문학상 수상
한국문인협회, 한국시조시인협회, 오늘의시조시인회의,
광주전남시조, 울산시조, 동구슬도문학, 열린시학에서 활동
공감-시울림 운영

김발장* 뜨며

물 빠진 갯바위에 뜯어내는 파란 속살
짠물에 헹궈가며 김발장 떠다 널고
웅크린 흰머리 속은 덧셈 뺄셈 뿐이다

다잡는 시간 속에 점수만 높이 바라
성내는 시린 바람 등 돌린 햇볕 아래
오답을 가려낸 하늘 눈매가 싸늘하다

무딘 손 덜덜 떨며 받아 든 성적표에
찢기고 날아간 곳 덧붙여 꿰맨 공책
교실 밖 구름 한마당 힐끗힐끗 보며 간다

* 감태(甘苔)를 만들 때 틀 밑에 까는 돗자리.

진도

아리랑 봄동 뜯어 무쳐내는 육자배기
홀앗이 흥타령에 여객선이 시름 앓고
섬들은 운무 속에서 들썩들썩 달뜬다

뽕할머니 냉가슴에 드러내는 모세의 길
다시래기* 한마당에 둥 둥 둥 북이 울면
진돗개 별빛을 물고 그물망을 풀고 온다

하늘에 두 팔 벌려 기氣 받는 진도대교
비파 타는 울돌목에 은빛 비늘 파닥이고
만금산** 치맛자락에 강강술래 달이 뜬다

* 진도의 장례 풍속, 상주를 위로하기 위해 벌이는 상여놀이,
  중요무형문화재 제81호.
** 진도 유네스코 무형문화재 강강술래 터가 있는 산 지명.

해일

뼈대도 없는 것이 흰 이만 남아서는
아비어미 몰라보고 무작정 달려드네
제풀에
넘어지고는
일어서도 못한 것이

그림자

"하부지 나 여 쉬해" 대뜸 갈겨놓고 간
손주 놈 아른거리는 텃밭 마늘 뽑는다
원줄기
뽑힐 때마다
눈에 맺히는 그림자

목포댁

뜯어낸 실밥 한 올 호강처럼 입에 물고
허리띠 졸라매고 버거운 한숨 삼키며
쓰디쓴 입맛에 맞춰 가난을 깁고 있다

재봉틀 바늘 끝에 깜빡이며 매달린
잔별 재워두고 뜬눈으로 맞는 새벽
보풀진 밑바닥에서 닳아가는 가계부

날아온 문자마다 두 아들 수험료
원피스 양복저고리 끝단에 싸 보내고
다 해진 유달산 바위 실마리 더 당긴다

아버지 풍경화

김 모락 피어나는 밭뙈기 벗 삼아서
쟁기 보습 매달린 소박한 꿈 한 필지
언 땅의 속마음까지 속속들이 살핀다

하늘 건넌 어머니 손때 묻은 실한 씨앗
다라 속 반짝이는 물비늘이 골라 담아
밭이랑 토실한 품에 자식처럼 심어 놓고

가지 끝 때린 바람에 근심이 먼저 젖어
비 온 날 허물어진 논둑으로 주저앉아
한평생 되굽은 허리 이랑 되어 누웠다

김유영(金有永)

아호 : 온향(溫香), 경북 청도 출생,
《 문학춘하추동 》 시조 등단
문학춘하추동 회원
1974 부산대학교 공과대학 화공과 졸업
경희대학교 경영대학원 경영학 석사
공장관리 기술사
주)LG화학 임원 퇴임
ISO 품질·환경·보건안전 경영시스템 심사원 역임
경영혁신 컨설턴트
유앤미 블루베리 농원 대표
2024 가톨릭평화방송·평화신문 신앙체험수기 대상 수상

가는잎할미꽃

백발이 성성하고 몸마저 가냘픈데
살붙이 돌아서니 길 몰라 울어예네
달빛이 품고 하는 말, 보금자리 여기요

떠난 이 잊으려고 피눈물 삼키건만
풀숲에 주저앉아 옛 사진 들춰보네
봄바람 속삭이는 말, 고이 숙여 꽃일세

저마다 얼굴 들고 잘난 양 뽐내건만
모자람 부끄러워 고깔 속 감추었네
손 모아 기도하는 말, 닮고파라 저 맵시.

오늘 꽃

오늘의 비단 위에 올리는 예쁜 꽃들
웃음꽃 여기 놓고 사랑 꽃 저기 뜨고
감사 꽃 은은한 한 폭, 그대 품에 드리리

꽃향기 피어올라 천 리 길 다다르니
벌 무리 날아들어 시원을 피워내네
나눔 향 봄바람 실려, 스며드는 낮은 골

골마다 펴진 얼굴 빛마당 마실 오네
너와 나 마주하는 따뜻한 밥상머리
정 담아 건네는 반찬, 군침 도는 하늘 입

자유

외침이 무상하니 귀 닫고 등 돌렸다
빗소리 청량하여 귀 열고 흥얼댄다
여닫음
자유로우니
두 발 뻗어 하늘 눕네.

새순

내 사랑 예 오셨네 연두빛 새순으로
삭풍에 이는 아픔 딛고 온 아기천사
아하하
절로 터진 탄성
악보 없는 희망가.

조건 있는 놀이터

산자락 잔설 남고 강변엔 백로 논다
놀이터 펼쳐지니 어린 나 눈을 뜨고
노인은 목욕재계 후 슬금슬금 끼어든다

메아리 맑게 울고 흐르는 물 옥빛이다
백로 떼 춤사위에 흥 가락 번져 든다
노인은 붉은 노을에 슬그머니 자리 뜬다

벽돌 속 전파음에 주름만 늘어가네
한숨을 내뱉다가 잠마저 설치고는
노인은 귀 씻어내고 강변으로 찾아든다

백색 유언장

거울 속 바랜 얼굴 나날이 그을리고
씻어도 지지 않는 먹빛만 내려앉네
스르르 꺼져가는 빛 입김에도 기운다

잠든 이 둘러보니 가슴 끝 저려오고
곤한 잠 내 탓인 양 이불을 다시 여네
홀연히 떠난 뒤에는 그 무게를 어쩌리

펜 들고 노트 펼쳐 남길 말 쓰려하니
한 자도 못 쓰고는 덮어버린 백색 장
내 사랑 가족 두고는 못 넘으리—저 강

김진호

2023『문학춘하추동』
가을호 시조 신인상 수상
문학춘하추동 이사
"서향 정형시 사랑" 밴드 회원

1월 풍경 · 1

보호수 명찰을 단 마을 앞 당산나무
겉표지 너덜너덜 떨어진 시집 속 봄
잎사귀
톡톡 튀으며
읽어줄까 생각 중.

2월 풍경 · 1

얼굴에 부딪치는 차가운 바람의 살
독사가 문 듯해도
칼날로 밴 듯해도
저 뽀얀 매화 꽃망울 어찌할 수 없겠다.

5월 풍경 · 13

옥정호 붕어섬에 벌처럼 나비처럼
양귀비 작약꽃밭 날아든 뭇사람들
유유히 헤엄쳐 가며 이야기를 뿌린다.

6월 풍경 · 1

들길이 닻을 내린 산비탈 언덕배기
배처럼 노랑나비 팔랑인 날개 접고
장다리
꽃잎에 앉아
지금 한참 정박 중.

7월 풍경 · 2

마당가 돌담장 밑 채송화 노랑 분홍
엄마가 그려놓은 공책의 그림처럼
저것 봐
나비와 꿀벌 꽃술 위에 앉았다

8월 풍경 · 8

명혹헌 연못 둘레 백일홍 이글이글
도자기 굽는 가마
속에 핀 꽃불인데
아이들 웃는 것 보소 불덩이를 만지며

9월 풍경

매미 떼 철새처럼 여름을 데려간 뒤
봄같이 겨울같이 무한이 적학한 밖
귀또리
풋 가을 불러
저녁마다 익힌다

10월 풍경 · 2

꽃송이 하얗게 핀 구절초 언덕 동산
벌처럼 나비처럼 찾아든 여행객들
황홀한
풋 향에 취해
날아갈 줄 모른다

11월 풍경·3

순천만 갯벌 습지 갈대꽃 솜털 덩이
꽃 이불 펼쳐놓듯
꽃 벽지 발라놓듯
기러기 신혼집 한 채 궁궐처럼 지었다

12월 풍경·2

철새 떼 청둥오리 노니는 놀이터에
갈대꽃 굼실댄다 바람에 사각사각
윤슬인
잔물결처럼
찰랑찰랑 거린다.

김태옥

2017년 시조문학 시조 등단
2019년 월간문학 동시 등단
첫 시조집 〈구름 뜰에서 봄을 입다〉
춘하추동 벽송 시조문학상 수상
한국문인협회 회원 ,강원시조시인 협회 회원
문학 춘하추동 이사

해인사 가는 길에

기암괴석 우뚝 속은 가야산 품속에는
햇살에 홍엽들이 더욱 곱게 타오르며
가을은 정점을 향해
굽이굽이 익어가고

마음속 상상보다 아름다운 길 위에는
참억새 하얀 붓이 계절 시 짓고 있어
해인사 가기도 전에
이미 마음 뺏기네

단풍으로 길을 낸 일주문 들어서면
처마 끝 풍경소리 어두운 마음 밝혀
켜켜이 쌓인 번뇌도
말끔히 씻기겠네

간월암

물때가 내어주는 선물 같은 이 순간
발걸음 조급해져 마음이 앞서가고
외로운 바위섬 하나 파도가 다독인다.

해국 향 버무려진 청아한 독경 소리
무학대사 지팡이는 전설로 되살아나
무성한 사철나무 위 켜켜이 앉은 세월

모래톱 외길 위에 뭍의 생각 벗어 놓고
지독한 그리움에 허공만 쪼아대는
한 마리 갈매기 되어 발 묶여도 좋겠네.

새 달력을 열며

설레는
마음으로
정월의 문 열어 보니

빼곡이
들어앉은
알곡같이 귀한 날들

싱싱한
열두 밭이랑에
푸른 시어 심는다

길 위에서 굽는 시

목마른 사슴같이
길을 나선 무명 시인

풀잎 끝 이슬방울
해맑은 시어 되고

풍경은
문장이 되어
푸른 시를 굽고 있다

달항아리 찻집

솟을대문 담장 옆
반겨 맞는 맨드라미
적악 단풍 타오르며 마을까지 내려와
감나무 나뭇가지에 붉은 등 달아 놓고

세월 잔뜩 앉아 있는
그을린 대들보와
굴뚝엔 모락모락 군불 연기 피어올라
어릴 적 고향집 온 듯 향수를 불러온다

한줄기 바람결에
묻어온 감국 향이
닫혀 있던 감성의 문 고요히 두드리며
찻잔 속 담겨진 노을 하루해가 아쉽다.

남기철

문학춘하추동 시조등단
문학춘하추동 수필등단
문학춘하추동 부회장, 편집위원
자하원 대표

석양을 바라보며

섬진강 해 질 녘의 강물은 고요하고
잔잔한 파도 일어 마음이 평화롭네
순풍이
밀물을 만나
팔십 리 길 스친다.

하동의 송림숲과 백사장 맑디 맑아
오가는 벗님들의 속삭임 다정하네
수많은
발자취 속에
나의 흔적 찾는다.

하이얀 모래톱과 무등산 석양 속에
날으는 외 갈매기 유유히 날아가네
뒤돌아
하늘을 보니
붉은 태양 잠든다.

봄이 오려나

구름에 달 가듯이 세월은 흘러가고
새소리 물소리에 아침을 열어본다
터질 듯
매화 꽃망울
청학골이 비좁다.

우리네 인생

세월을 등에 지고 살아야 백 년이고
청산과 벗이 되어 한 곳을 바라보네
자연을
사랑할수록
외로움만 남는다.

죽로차

지리산 국립공원 천년향 다 담아서
세상에 하나뿐인 귀한 차 마셔보네
무쇠솥
명인이 빚은
손끝 맛에 취한다.

겨울 이야기

웅크린 산과 들엔 햇살이 퍼져가고
흐르는 시냇물은 숨소리 멈춰있네
밤이슬
얼음꽃 되어
영롱하게 빛난다.

삼우당의 목화 시배지를 찾아서

한겨울 눈보라 속 추위를 잠재우고
애환의 깊은 마음 소망을 이루셨네
하얀 솜
목화 시배지
추억 한 줌 담는다.

홍매화꽃의 웃음소리

통도사 기도 도량 많은 이 찾아들고
매서운 추위 속에 꽃향기 가득하네
가지 위
홍매화꽃이
터질 듯이 웃는다.

섬진강 변을 걸으며

바람은 너울 타고 잔잔한 은빛 되고
갈댓잎 어울려서 마음이 흔들리네
가만히
바라만 봐도
텅 빈 충만 얻는다.

한적한 섬진강 변 산책로 한가롭고
백사장 뒤로한 채 발걸음 옮겨놓네
물고기
뛰는 소리에
눈길 한번 돌린다.

갈매기 수를 놓듯 포구에 유영하고
비 온 뒤 서늘해져 따뜻함 그립다네
구름 속
감춰진 태양
내일 다시 만날까.

노민병

경남 양산 6인6색 용마름 동인 회원
문학 춘하추동 이사, 편집위원
《문학춘하추동》 시조 등단
문학춘하추동 이사

어머니

호롱불 밝혀가며 흙먼지 삭힌 바람
하얗게 흩날리던 꽃향기 옭아매고
거치른 한숨 소리로 세월의 꽃 안으시던

침묵의 손짓으로 햇무리 다듬듯이
엉클어진 실타래를 한 올 한 올 풀어내고
가슴에 선한 생채기 꽃물 들어 아리신 듯

그리움 자락 끝에 익었던 기억 새겨
가슴 풀어 헤치고서 잎새에 입 맞추고
긴 밤을 나누는 얘기 그칠 줄을 모르시던

칠십 고개

파도를 몰고 왔던 바람이 길을 잃고
밤새워 헤매 돌다 지친 듯 잠이 들면
갯벌 안 밤의 윤슬은 달빛 속에 잠긴다.

잊혀진 강

창 안에 나를 두고 창밖에 남긴 상처
유리 벽 사이 두고 걸러진 나의 일상
안과 밖 매몰되어진 체념의 가슴앓이.

애수의 소야곡

깊은 밤 찻잔 가득 시간을 따르놓고
창가에 머물다간 기타 줄 낮은 울림
단조에 마음 얼룩진 젊은 날의 로망스

정겹던 그 목소리 박자 틈에 스며들어
웃음기 배인 얼굴 어둠에 지나가는
내밀면 닿을 듯 말 듯 음표로만 남는다

반세기 흐른 지금 그 노래 늙지 않고
되새겨 부르지만 돌아올 길이 없어
리듬에 가만히 안겨 오늘 밤을 접는다.

암자

단청은 다 닳아서 목조는 벌거벗고
청룡이 탄 구름은 비 뿌려 사라진 듯
산속의 낡은 절간은 그렇게도 버티었다

저녁 공양 종소리가 바람에 날개 펴니
한낮에 가려진 별 제자리 똬리 틀면
탁발 간 늙은 스님은 별을 보며 길 찾는다.

독백

깜깜한 밤하늘에 은하수 흐르는 듯
적요의 울림만이 가슴을 파고들어
여운이 남아도는 듯
나를 깨운 숨소리.

세월은 조용하게 문턱을 넘어서고
떨리는 언어 하나 혀 끝에서 방황하고
감춰진 안개 속의 길
한 물결 위 두 햇살.

배원식

아호 뫼옵, 경북 상주 출생
농협 동인지 시부문 우수상 수상
조아문학 시조작가상, 수필 신인상 수상
문학춘하추동 시조, 시부문 신인상 수상
문학춘하추동 수필 작가상 수상
문학춘하추동 문우회장,
편집위원, 서향 정형시 밴드 회원

서달산 동작대

여명이 밝아오면 산정에 우뚝 서서
조용히 침잠하는 광훼의 파노라마
열사는
넋을 기리며
장궤합장 올린다.

※서달산 : 국립현충원 뒷산

솔내길의 묵상默想

석탑에 앉은 까치 합장해 절을 하니
반가한 사유상의 온화한 고운 미소
바람은
순국선열의
고귀한 뜻 전한다.

채석강

시간의 흔적들을 켜켜이 쌓아 놓고
일기장 펼쳐 보듯 지난날 회고하네
해 질 녘 붉은 노을에 아름답게 물든다.

격랑과 고요들로 조각한 석상 놓고
대자연 거대 담론 해석한 파도 소리
누구나 감동의 시가 가슴속에 깃든다.

화염에 휩싸여진 수만 권 쌓은 책장
황홀한 마술처럼 단 한 권 타지 않네
한 살림 불의 문장을 노을빛에 채운다.

※채석강 : 전북 부안군 변산면 격포리

비 오는 산정호수

다정히 내리는 비 꽃잎에 이슬 맺고
물안개 피어올라 명성산 품어 안네
호수에 누운 갯버들 콧노래가 흥겹다.

빛바래 저문 놀 빛 윤슬로 되살아나
오월의 싱그러움 분출한 음악 분수
트로트 '우중의 여인' 우산들이 춤춘다.

호수의 맑은 삶을 산처럼 변치 말자
애틋한 사랑 얘기 데크 길 따라 걷네
내 맘에 잠긴 그대의 그리움에 젖는다

송지호의 아침

새벽을 추앙하여 상기된 아침노을
색동의 설빔 같은 새 희망 돛을 다네
동해의 행복한 미소 곱디 곱게 퍼진다.

켜켜이 세월 쌓은 해변가 모래성에
설악의 맑은 물로 석호를 만들었네
신바람 둘레길 따라 새벽안개 걷는다.

송학정 올라서니 시향의 파문일고
어제의 별자리서 선학이 날아오네
팔백리 관동별곡이 발원되어 흐른다.

백운호수 둘레길

어둠을 살라 먹은 불빛이 춤을 추고
다정한 연인들의 밀어가 손을 잡네
밤하늘 비행기처럼 심장 소리 들린다.

하현달 산을 넘어 호수로 달려오면
잔잔한 수면 일어 윤슬이 반겨주네
숨소리 발을 맞추며 젊은 날을 즐긴다.

야경의 실루엣이 춤추는 색의 향연
몽환적 분위기에 호수도 따라 도네
잰걸음 밤을 여의고 날짜 선을 넘는다.

※백운호수 : 경기도 의왕시 학의동

백상봉(白相奉)

한국문협, 한국pen, 강서문협,
시조문학회, 민조시협 회원.
저서 ;『공자 활을 쏘다』.『마음은 콩밭』,
『어럴럴 상사도야』,『구룸산 곶고리강』.
『화전유사』.

산다는 것

사는 게 별거더냐 밥 한 그릇 더 먹는 것
간만에 친구 만나 빈대떡에 탁주 한 잔
이보다 잘 산 하루가 몇 번이나 있을까.

사는 게 별거더냐 긴 숨 한번 내쉬는 것
가쁜 숨 몰아쉬며 산 정상에 올랐을 때
산 아래 모든 것들이 무슨 소용 있더냐.

꿈 너머 꿈도 없이 봇짐 하나 짊어지고
따라서 살다보니 내 갈 곳은 어디인가
저무는 노을 속에서 생각나는 다른 나.

사는 게 별거더냐 채운 것을 비우는 것
빈손으로 태어나서 빈손으로 간다지만
몸 안에 쌓아둔 것은 태우고도 남았네.

현대인

잘잘못 없는 해는 구름 속에 얼굴 묻고
제 잘난 사람들은 변검하기 바쁜 세상
무심한 하늘을 보니 배울 것이 무언가.

망하고 흥하는 게 하늘 뜻이 아니었고
생사의 갈림길도 인간이 만드는 것
언제나 기댈 곳 없이 홀로 가야 하는 길.

풀이나 나무들이 붙박이로 사는 삶도
새들과 짐승들의 도망치기 바쁜 삶도
부러워 따라 살고픈 현대인의 속마음.

가두리 양식장

어장에 길러지는 가련한 물고기들
사유에 자유 없고 정보에 세뇌되어
주어진 먹이만 먹고 살아가는 어족 들.

제한된 공간 속에 외부와 담을 쌓고
주인만 나타나면 그곳으로 몰려들어
무뇌의 좀비들처럼 입 벌리는 떼거리

누구의 조종 받아 생각이 없는 건지
태어난 유전자가 무뇌의 미숙안지
말해도 믿지를 않고 제 생각에 빠져서.

가두리 없어져도 떠나지를 못하고서
주위만 빙빙 돌며 먹이를 기다리니
그 세월 억겁이 간들 무슨 변화 있으랴.

철부지

한발로 폴짝폴짝 패 차기 하던 아이
이제는 나이 들어 두 발로도 걷지 못해
지팡이 친구 삼아서 돌아보는 놀이터

이승에 태어나서 남긴 것이 무엇인가
돈 자랑 손주 자랑 빼고 나면 할 말 없지
아직도 살아남은 게 입 밖에는 없으니

생각은 빠르지만 깨달음은 항상 늦어
이 생각 저 생각에 평생을 보내다가
언젠가 깨닫고 보니 아직까지 철부지.

마음 비우기

입성이 더러우면 세제로 씻어내고
몸뚱이 더러우면 목욕물로 씻지만
마음이 더러워지면 무엇으로 씻나요.

하늘을 나는 새는 뼛속까지 비워내고
물속의 고기들은 붙잡을 손이 없어
자연과 같이 살아도 싫다는 이 없는데

한 몸에 있지마는 서로가 다른 생각
몸따라 살자하면 마음은 한가하나
마음을 따라 살자니 못 따르는 이내 몸.

심성보

아호:童溪
시조문학 독학 등단
아동문예 동시조 등단
시조집:『풋콩』외 2
동시조집:『개똥참외』외 4
각종문학상 다수
부경대 명예교수 공학박사
국제미전 초대작가
(수묵화)

낙동강의 달밤

달빛이 출렁이는
가을밤 악양나루
어딘가 가고파라
사모가 쌓인 적막
저어라
노를 저어라
달이 가듯 저어라.

달빛에 어린 풍광
산하를 돌아본다
고향은 바로 여기
그 시절 가고 없네
어허라
이 밤도 찰나
너도 수이 가느냐.

새댁

홍치마 청 저고리
사뿐히 오르시네
낙강을 건너가는
나룻배 출렁이고
갈대는
겨울을 풀고
새풀 옷을 입는다.

어디로 가시는가
실개천 푸른 마을
새댁이 자라신 곳
예쁘고 예쁘리라
느티도
시름을 놓고
반겨 아니 맞으랴.

느티

내 손은 서늘바람 비지땀 쓸어주고
내 귀는 하늘 우산 소낙비도 가려주고
그늘에
앉은 초부들
빗타령도 듣는다.

청계천 백로

새하얀 원피스에 멋지게 꽂은 깃털
유유히 오르내린 잉어는 킹사이즈
살 같이
꽂히는 부리
피라미가 불쌍해.

적막한 봄날

가재골 초가 하나 살째기 피는 매화
물소리 새소리에 눈 비비는 피라미
아이야
소쿠리 놓고
씬냉이도 캐 보자

주말 소풍

냇가로 나와 끓인 봉지 커피 젓는다
물 맑아 그러한지 향기가 그만이다
누가 저
벌레 울렸나
자지러져 운다야.

팽나무 일곱 그루

날 키운 고향촌은
팽나무 일곱 그루
봄이면 연둣빛 잎
가을엔 단풍 가지
화판을
가득 채우는
수채화를 그려요.

세월은 빙상선수
거짓말 같이 빨라
이래도 달아나고
저래도 달아나고
팽나무
일곱 그루는
자주 보자 그런다.

안효만

아호: 술래
2018 공감문학 시 등단 작가인증
2019 강건문학 시 가시 등단 작가
2023 문학 춘하추동 시조 등단
문학춘하추동 부회장, 편집위원
제1시조집: 미루나무가 있는 언덕
제2시조집: 쌍샘뜰에서 다마레
제1시집: 『까치 아리랑』
제2시집: 『엄마 생각만으로도』
제3시집: 『저장했습니다』
제4시집: 『시 한잔 하시지요』
제5시집: 『잠 못 드는 그리움』
제6시집: 『즐길 줄 아는 행복』
제7시집: 『소년이 된다』

시절 인연

썰매를 지치면서 겨울과 맞서보고
눈싸움 올지게 해 고뿔을 내던졌네
어릴 적 동안의 추억 사진첩을 펼친다.

호호호 손을불며 팽이를 돌려대고
얼음판 구르다가 빠진 발 동상 걸려
디지게 혼나고서도 전전하던 얼음판.

방패연 띄우려고 내달린 논배미는
아이들 등살 탓에 가슴팍에 물집 나
찌푸려 울상인 채로 초저녁에 누었다.

하루

아궁이에 불사른 노을이 타는 시간
밥 짓는 우렁각시 상차림을 봐 놨다
온종일
세상을 밝힌
서방님을 맞으려.

된서리 내릴 때

들녘은 한가로이 햇살을 마시는데
숨 가쁜 바람결이 마을로 들어선다
서리태
타작한 검불
채로 치듯 날리려.

내 마음에도 단풍이 든다

삶이란 인생길을 의연히 걸어왔다
올곧은 체면마저 꺾이고 휘이면서
노곤한
부딪침의 벽
빠알갛게 휘도네.

새해

자전거 패달 밟듯 달려온 삶의 길을
강가에 멈춰서서 뜨는 해 바라보며
사르는
마음의 다짐
스며드는 해맑음.

삶 속의 삶

이웃집 웃음소리 기뻐서 따라 웃고
슬픔에 울음 울면 눈물을 흘리었지
인생사
어우렁더렁
부대끼고 보듬고.

우리 집 행복 미소 담장을 넘고 넘어
마을로 씨뿌리면 기쁨의 꽃이 피네
생활 속
작은 행복도
함께할 때 맛지다.

설중매

까치의 입 바른말 곱씹은 우연인가
햇살이 손 내밀고 안쓰럽게 반길 때
치마폭
감싸 쥔 채
옷고름을 재운다.

무엇이 그리 급해 눈 이불 걷어차고
빼꼼히 창문 열고 기침을 달고 있나
서둘러
꽃피었다고
열매 맺을 꿈 꿀까.

이광호

『창작21』 시, 시조부문 신인상
시조문학 작품상
춘하추동 문학 대상
40여년간 한글 모양에 관한 연구 활동
시집『ㄱ에 대하여』 외 6권
춘하추동 이사.

언어란 생체화석을

순록은 이끼 먹고 순록 먹은 사람들이
이끼를 바꿔 먹은 끼니라 일렀을까
모르고 우리들 요즘 일상으로 쓰는 말

기역을 바뀔 역한 니은자 되었기로
이끼가 끼니 되고 눈 글자 곡이 되는
말과 글 시작 된지가 오랜 옛날 아닐까

옛날도 옛이란 말 여이시옷 풀어보라
날이란 나라 준말 모계사회 이름이니
언어란 생체화석을 모양 글로 살피오

나랏일 등불 밝히는

적은 날 짚을 대고 새끼줄을 비벼꼬다
여야가 심한 막말 너무 싸운 걱정일세
나랏일 등불 밝히는 플러스만 흐를까

조그만 농사꾼이 이말한다 탓하리요
서로가 입장 바뀐 엊그제 일 돌아보며
지면서 이길 줄 아는 그런 정쟁 하소서

아픈 말 하고 싶은 부드런 뼈가 있게
짊어질 젊은이들 쳐다보는 나랏일에
아무렴 하면서 따를 본이 되는 말이오

칠순을 뒤뚱거리며

김 공장 정화조는 설치 때 검사받고
퍼낸 적 한번 없이 바다로만 흘렀을까
갯벌에 뻘낙지 잡던 역한 냄새 코를 막다

이왕에 말 난 김에 속상한 큰 고막배
어촌계 임대 줬다 탓 한번을 안 했건만
저인망 해안을 훑어 이런저런 싹- 쓸이라

아낙네 뻘 묻은 손 모르고 훔친 눈물
고향땅 떠난이들 이런 법 알까 몰라
칠순을 뒤뚱거리며 휑한 갯벌 돌아보네

내 몸 밖 만 명의 나

만나는 사람마다 내 몸 밖 만 명의 나
나미음 남이라던 다시 한번 돌아보다
이 세상 떠난 뒤 나를 들먹이는 사람들

속마음 낚시질하여

비지웃 땅에 내린 빗진 줄을 모르다니
쓰는 말 줄여보고 때로는 늘려보아
속마음 낚시질하여 모양 글을 읽으오

칠순을 절반 지난 길

양팔을 활개 치고 걸어야 당연한걸
모르고 오르막길 어느새 뒷짐 졌네
칠순을 절반 지난 길 속일 수가 없구나.

천년을 더 살 것 같던

청년이 반한 처녀 처녀가 반한 청년
절반씩 보탠 사랑 부부로 뿌듯한 삶
천년을 더 살 것 같던 지난날은 하루였네.

이상현

대한 문인협회 시인 등단
문학 춘하추동 시조 시인 등단
문학춘하추동 이사
서향 정형시 밴드 회원

상사화 相思花

툇마루 걸터앉아 솟을대문 바라보네
혹여나 문이 열려 임 모습 보이려나
모퉁이 푸성귀들만 하늘하늘 춤춘다

바람은 허락 없이 들어오고 나가건만
내 임은 어이하여 소식 한 점 없으랴
마당에 병아리 한 쌍 제 집을 잘도 찾네

구름은 높은 산에 걸려있지 않지만
임 생각 내 마음에 자리잡고 못 떠나네
어이타 이내 마음은 상사화가 피었구나.

상사화 꽃말 : "이루어질 수 없는 사랑"

.

고향 생각 · 3

소쿠리 옆에 끼고 아낙들 나물 캐면
누렁이 소 꼴 먹여 배부르다 노래할 때
흐름한
사립문 사이
천사 하나 걸어온다.

봄 · 7

까치가 이산 저산 목 터져라 울어대니
산천이 아롱다롱 꽃 피우려 분주하네
봄마저
시끄러워서
잠 깬 것이 맞구나.

교회 가는 길

허공에 진눈깨비 온 세상 흩날리네
오염된 내 마음도 저렇게 하얘질까
교차로
건널목에서
참회 시간 가져 본다.

마음의 봄

입춘은 지나가고 봄비마저 내리는데
내 마음 얼어 붙어 녹을 줄 모른다네
꽃들은
눈치도 없이
좋아서 죽는구나.

배꽃 필 무렵

배나무 꽃이 피고 봄바람 불어오면
울 손녀 배꽃 같다 노래하는 할머니
아버지 맞장구치니 아기 햇살 되었네

배밭에 일손 도와 새참 이고 갈 때는
걷는지 춤추는지 아름아름 발걸음
두레상 탁주 한 사발 누이를 안주삼네

들녘에 나물 캐는 뒷모습 아름다워
고양이 숨죽이듯 숨어서 바라보는
뭇 총각 가슴속에는 누이 꽃이 핀다네

아버지의 등

해걸음 따라가다 바라본 노을 풍경
주막을 바라보며 소싯적 생각 젖네
막걸리
냄새 풍기며
업어주던 내 아버지.

저녁 풍경

아궁이 모락모락 한 가족 모여들면
힘겨운 겨울에도 웃음꽃 활짝 핀다
두레상
엄마 손맛은
따뜻한 봄이라네.

이솔희

2002년 경향신문 신춘문예 시조 당선,
한국시조시인협회 신인상 수상,
경북대학교 대학원 박사학위 취득(문학박사),
현 대구문인협회 시조분과위원장, 줌문학힐링 운영자,
시조집 『겨울 청령포』,『생활 속 시조, 시조 속 힐링』,
단행본 『한국 근대시조에 나타난 이미지』, 『전통성과
현대성의 조율 미학』, 『현대시조 연구』,
『디지털 시대와 이영도 시조 문학』,
2023년 한국예술복지재단 창작지원금 수혜,
2024년 대구문화예술진흥원 문학 활동 부문 수혜

작약의 고백

어느 날 내 앞에 선 자그만 킥보드가
눈 안에 가시처럼 찌르지 않는 것을
도대체 알 수 없어서 한참 동안 찾았지

눈부신 내 자태를 부정한 느낌에서
친근한 몸짓이라 이해한 것이었어
더불어 행복한 방법 끌어안은 것이지

둘러싼 아집으로 좁았던 내 마음이
나날이 부딪치며 조금씩 넓어졌지
배경이 되어도 좋다 마음의 벽 없다면.

그림자

애초에 정한 방향 없었다 하더라도
마음에 거리낌은 조금도 없었다고
어둠에 기숙하면서
돌려대는 이기심.

영친왕

한평생 하늘 향해 고개를 들 수 없어
바람이 심한 날은 먼지 되어 흩날렸다.
조선도 일본도 아닌
금 밟고 선 경계인.

3월 호수

언 마음 풀어지고 연두빛 스며든다
미풍 음 선율 따라 왈츠춤 경쾌하다
가슴에
산을 품고서
반짝이는 설레임

골목

구수한 된장국이 부르는 해거름 녘
시험에 떨어져서 터들대던 가슴밑장
모두 다
새기었구나
울고 웃던 내음들.

오순정은 오늘도

폐부를 파고드는 시엄니 악담같이
손가락 이곳저곳 찌르는 오리공장
삭신이 욱신거려도 그만두지 못하는

쓰레기 취급하는 남편의 냉대같이
혼신을 다하여도 헛짚는 곱창식당
잔소리 피를 말려도 돌아서지 못하는

이유는 단 한 가지 가정을 지키는 것
딸 아들 품에 안고 오롯이 키우는 것
복부인 되는 것보다 더 소중한 꿈이라.

베이비 박스

축축한 어둠에서 불현듯 밀려 나와
두 손을 휘저어도 두 발을 바둥여도
온기는 멀어져 갈 뿐 닿기 힘든 절망감

탯줄을 매단 채로 양수를 휘감은 채
축복의 목욕 세례 받지도 못하고서
상자 속 차가운 세계 여기는 또 어딘가

불행의 틈새에서 무작정 생긴 숨결
허기가 사슬 되어 여린 목 죄어올 때
덜커덩 열리는 소리 희미한 빛 감싼다.

* 베이비 박스: 양육이 어려운 신생아를 익명으로
　맡길 수 있도록 만든 보호 시설

이종갑(Lee,Jong gab)

아호 춘강春江
1946년 경북 고령 출생
문학세계, 시세계 시등단
설중매 신춘문예 시조등단
문학세계 대상수상, 제9회 디지스털 대상수상
제13회 시세계문학상 대상수상
경북도지사배 시낭송 대상수상
시집「강밑으로 흐르는 추억」,「별을 줍는 여울」
「언덕 위에 묻은 흔적」
시조집 「 회환의 거리에서 」, 「 풀꽃 그리고 향기 」
「 이런날은 흐노니 」,「 여로에 걸린 석양 」
「 별을 찾아가는 길 」
한국 문인협회 회원, 한국 시조시인협회 회원
나래 시조 회원, 시인 부락 회원
춘하추동 회원, 영축 문학 회원

이런 날은

개풍凱風 부는 이런 날은 언덕을 나가 보라
명자꽃 환한 봄이 그린 듯 붉어 있고
꽃들은
분별을 이고
징검돌로 앉아 있다

젊은 날 꿈을 찾던 그 먼 봄이 거기 있다
그 한 가지 꺾어 들고 팔매질하다 보면
마음은
삐뚤삐뚤한
아지랑이 길이 된다.

저 넓은 벌판 위를 나비 되어 날아보라
도란도란 초련 같은 풀꽃들의 외유 행각
언덕엔
꽃구름들이
무지개로 걸렸다.

안부가 그립다

바람이 싸늘 불어 산들이 붉었는데
내 마음 둘 곳 없어 냇 길을 걷노라면
달빛도
실연을 한 듯
울며울며 헤매네.

철없이 북을 치던 우정의 동산에서
닭서리 능금 서리 춤추며 노래하던
그 동무
다 어디 갔나
안부들이 그립다.

아련한 추억들은 파도로 밀려오고
언덕에 하얀 울음 묻혔던 설움인가
기러기
울고 가는 밤
소식들이 그립다.

보리화설

흩날리는 낙엽들이 귀근歸根 하는 길이었다
한 귀라도 묻어다오 입동이 오기 전에
차디찬 부연토 안고 고개 삐죽 내밀었다.

설한풍 모진 삼동 이불 아닌 눈을 덮고
어린 손발 다독이며 빙하의 땅 건너와서
춘분기 보릿고개는 나만 한 이 또 있더냐.

뻐꾸기 다장조에 모진 설움 다 뜯기고
봄 한철 풍류하던 그 잘난 양반 행세로
죽도록 몰매를 맞고 화탕지옥 웬 말인가.

풋고추 된장에다 물에만 꽁보리밥
시쿰한 보리막걸리 허방 세상 동전만 하던
어머니 전설로 남은 휘인 등이 무겁다.

만시지탄 晩時之歎

느티나무 그늘에서 피리 불던 호시절아
흐르는 물길 따라 뱃노래 무어든요
신작로
안개 걷힌 길
발자국이 우습다.

문풍지 떠는 바람 지는 낙엽 아픔인 듯
불러도 대답은 눈 덮인 메아리뿐
그믐달
빈방에 누워
일기장만 더듬네.

젖은 눈빛

긴 세월 여치처럼 울던 날을 아시는가
내 진정 자분자분 사색에 멈춘 날을
심중에
묻어둔 말이
허공중에 너무 멀어

가난한 그 날이 아파 허기진 이 눈물
강물로 여울지는 너와 나의 메밀한 꿈
지금은
젖은 그 눈빛
시렁 위에 얹혀 있다

소슬한 그리움만 낙엽처럼 쌓이는데
물속에 일렁이는 그 눈빛 하도 깊어
내 안에
타는 촛불로
그대 창을 밝히리.

이철우

경기 안성 출생,
한국방송통신대학교 국어국문학과 졸업,
《공무원문학》시, 한국작가
평론《소년문학》동시조,《소년문학》동시조,
《전국불교신춘문예》시조, 한국작가 평론,
《청암문학》동시,수필,《신정문학》디카시, 안성문협
자문위원, 문학춘하추동 이사, 동심문학회 이사, 표암문학
이사, 경기지회장, 월간《소년문학》운영위원
한국문인협회, 한국시조시인협회, 한국아동문학인협회,외
공무원문학상, 소년해양문학상. 안성문학작가상,
청암문학상, 올해의동심문학가상, 표암문학상,
벽송시조문학상, 신정문학상, 24경기복지재단문예대전
대상, 치유문학상, 토방구리시조문학상, 남명문학상수상
전자책 동시조집『원댕이 고개』외 48 권
동민조시집『개똥벌레』외 9 권
디카시집『원댕이 꽃밭』,『원댕이 둘레길』
치유동시집 『알콩달콩』,『알록달록』
평론집『현대 작가와 작품의 이해』외 4건

감자

할머니 정성 담긴 텃밭에 감자들을
엄마가 한 솥 쪄서 이웃들과 나누면
온 동네 사랑 이야기 가득가득 넘친다.

봄비

봄비가 보슬보슬 새싹을 불러내고
길가에 수양버들 간지럼 태우면서
냇가에 버들강아지 털모자를 벗긴다.

풍경소리

강물 따라 올라와 대웅전 처마에서
바람에 흔들리며 놀던 바다 생각에
울면서 고향 그리워 허공에서 춤춘다.

처마에 매달리어 고향을 그리면서
바람 소리 모아서 산새들을 깨우는
고요한 풍경소리에 속된 마음 날린다.

바람이 그댈 불러 먼 길을 가자거든
한평생 마음 깊이 숨어 있는 번뇌 하나
처마 끝 풍경 소리에 걸어두고 가련다.

바람

얼굴도 없는 것이 냄새도 없는 것이
살며시 다가와서 조용히 사라지며
풍성한 계절 흔적만 남겨놓고 다녀요

한적한 외딴 마을 말없이 찾아와서
마음대로 여기저기 바람을 피우면서
순박한 산골 마을을 헤집으며 다녀요

풀잎을 흔들면서 들꽃에 뽀뽀하고
바위도 만져보고 물속도 훔쳐보며
날아온 바람 한 점이 마음대로 다녀요

고향

산새들 친구들과 즐겁게 노래하고
비 내린 강둑 너머 별들이 쏟아지면
초가집 고향 사람들 고요 속에 꿈꾼다.

비바람 지나가도 변함없는 돌담집
담장 위 능소화도 예전처럼 피었고
뒤뜰에 여러 들꽃 들 옛날 향기 나른다.

하늘의 구름들이 햇볕에 모여앉아
다정한 이야기를 정답게 속삭이며
그리운 고향 이야기 사이좋게 나눈다.

겨울나무

모든 것 떨쳐버린 앙상한 나뭇가지
호수에 비추어진 벌거벗은 모습에
수줍어 안개 속으로 슬그머니 숨는다

내리는 겨울비에 온몸을 다 떨구고
찬바람 부는 저녁 추위에 떨고 있는
앙상한 겨울나무는 내년을 기약한다

아직은 더 있어야 새봄이 오나 보다
지나가는 바람이 몹시도 매서워도
키 작은 겨울나무는 꿋꿋하게 버틴다

정미란

경남 양산 6인6색 용마름 동인 회원
문학 춘하추동 이사, 편집위원
《문학춘하추동》 시조 등단

부뚜막

가난한 한숨 소리 가마솥에 익을 때면
장지문 틈 사이로 노을이 비껴들고
마당서
땅따먹기 한
아이 눈길 바쁘다.

삭정이 불티들이 날리는 부뚜막에
행주로 훔쳐내는 엄마의 손등에는
뚝배기
장맛 우려져
구수함이 배인다.

손톱을 다듬으며

손톱을 다듬다가 왠지 모를 슬픔 인다
엄마의 꽃물들은 손끝이 아른하다
진 흙색
빛바랜 듯이
갈퀴손에 그 손톱

인생 고개

한 고개 넘어서니 한 굽이 또 돌아야
가야 할 서러운 고개 자죽 자죽 눈물 고여
옷고름
풀어 헤치고
긴 한숨을 짓는다

상념

지나간 그리움이 옷 속을 파고들면
조용한 슬픔 따라 계절이 떠나가고
어둠은
기척이 없고
이삭 줍는 달빛만.

고단한 몸

상처 난 발꿈치는 팥 담은 자루처럼
조그만 산봉우리 갑주를 둘렀는데
고달픈
한숨 소리가
번뇌로 요동치네.

물병과 주전자

한없이 낮은 겸손 머무는 그대들은
오만의 손끝에서 끝없이 고개 숙여
서글픈
인간 세상을
따뜻하게 보듬네.

저녁 풍경

밥 내음 그득하게 온 마을에 퍼진다
담 넘어 들려오는 아이들 웃음소리
온전한
저녁 한 끼에
버거운 삶 날린다

상념

지나간 그리움이
옷 속을 파고들면
조용한 슬픔 따라
계절이 떠나가고
어둠은
기척이 없고
이삭 줍는 달빛만.

모든것 내어주던
가난한 대지에서
연두색 고운 기억
가까운 아주 옛날
시계가
밥 먹던 시절
날아가네 한 생이.

정순영

경남 양산시 61년생
6인6색 용마름 동인 회원
문학 춘하추동 시조 등단
문학춘하추동 부회장
서향 정형시 밴드 회원

밀밭에서

밀밭 길 열두 이랑 굽어본 기억 저편
가슴에 응어리진 돌 하나 묻고 사는
잔인한 보릿고개길 숨막음만 토한다

햇살이 성긴 자리 가난을 받쳐이고
설움에 눈물 젖은 등 굽은 자리마다
흙먼지 땀내 절인 듯 끓어오른 단내음

망각의 주름 섶에 살바람 에인 숨결
해묵은 세월 속의 탯줄을 잘라내고
노을 진 벌판에 서서 그려보는 어머니

저문 듯 어둠의 넋 발목에 스며들고
휘감아 돌아눕는 키 작은 밀밭에서
이제야 여린 영혼의 씨앗 한 톨 품었다

고목 · 1

굽어진 등줄기에 봄기운 서느러이
팔다리 근력 빠져 맥마저 풀어져도
옆구리
새살 차오른
가려움에 취한다.

고목 · 2

감각이 무뎌지고 의식은 또렷해도
생각만 깊어지고 굼뜨는 행동거지
봄이라
꽃을 틔우니
여름이 예 있더라.

고목 · 3

바람이 숭숭 드니 살 도려 아리는 듯
뼈마디 쑤셔오고 쓰린 속 생목 올라
초저녁
토막잠 깨운
기침으로 밤을 샌다.

고목 · 4

뒷배를 든든하게 줄 세운 약봉지로
이 겨울 방패 삼아 맞서려 하였지만
동장군
칼바람 들고
뼛속까지 후린다.

고목 · 7

우죽이 부러지자 우듬지 내려앉고
세월에 장사 없어 서열도 뒤바뀌니
지나간
화려한 군상
돌아보니 덧없다.

고목 · 8

마음이 흔들리면 언뜻언뜻 들어오는
빛살의 가려움에 취하는 기분이란
세상을
다 품고 사는
여유로만 알았다.

고목 · 9

밤잠을 설친 새벽 흐릿한 눈 비비니
열린 듯 듬성듬성 하늘이 들어오고
멀게만
느꼈던 산이
가까이서 부른다.

고목 · 10

발끝에 채인 낙엽 어련한 일상이니
한 번도 의구심을 품지를 않았는데
수북이
발목 적신 날
온 천지가 휑하다.

정진상

아호: 仁堂, 필명: 天馬,
시조시인, 의학박사, 대학교수,
고려대학교 의과대학(의학사), 서울대학교
보건대학원(보건학석사)
고려대학교 대학원(의학박사), 재활의학과
전문의(보건사회부장관)
건국대학교 의과대학 (전) 주임교수, 건국대학교
의과대학 부속병원장 역임, 건국대학교 의대 학장 역임
《한맥문학》시조부문 신인상 등단 (2011년),
한국시조협회 고문, (사)한국시조협회 작가상,
9회 대은시조문학상 대상, 여강시가회 문학상,
시조문학 37회 한국시조문학상,
2020년 하반기 버스정류장문학글판 공모전수상
시조집:『청진기에 매달린 붓』『몽당붓 세우다』
『추억 줍기』『가을을 쓸며』
『소소한 행복을 찾아서』외.

한반도-3

몸통은 하나인데 팔다리 따로 놀아
주먹은 어퍼컷을, 발로는 옆차기를
한 악보
두 목소리로
따로 가는 엇박자.

미운 정 고운 정이 들 때도 되었건만
물 위에 기름 돌 듯 왜 이리 따로 노나
한 지붕
두 살림살이
꿈이라도 같아라.

포기한 리모델링

지은 지 85년이라 다 헐고 낡았구려
휜 기둥 흐린 창에 지붕은 날아가고
재개발
허가도 안 돼,
그냥저냥 쓸밖에.

우리 집 단풍

어느새 집안으로 설악雪嶽을 옮겨놨다.
뜰 안의 나무들이 울긋불긋 염색하자
주인은
어영부영하다
단풍 물만 묻히네.

내 손주들

강아지 형제들이 뒤엉켜 뛰고 있다
웃음은 덩달아서 뒹굴며 얼싸안고
행복도
배꼽을 쥐고
떼굴떼굴 구른다.

예쁜 소리

아파트 놀이터엔 애들 소리 왁자하다
킥보드 깔깔대고 자전거는 웃음 싣고
확성기
틀어놓은 듯
목청 키운 놀이터.

꿈꾸는 강철

망치에 혼을 싣고
두 팔에 핏줄 세워

쩡쩡쩡 두들기며 잠자는 강철 깨워

옥동자 점지해 달라
두 손 모은 대장장이

도깨비 방망인가
주문을 외는 대로

마법에서 풀려난 듯 낫과 호미 춤을 추며

농부네 손발이 되어
창고 가득 채운다.

타버린 추억 - 고성 산불을 보며

불붙은 달집처럼 온 산은 불바단데
도깨비불 떠다니듯 불씨가 춤을 춘다
미쳤군, 바람이 미쳐, 불길 물고 날뛴다

평생을 하루같이 손때를 묻혀놓은
집이며 살림살이 일순간 덮치더니
고향도 추억마저도 한 줌 재가 되었다

눈물로 젖은 땅에 고향을 다시 심고
추억에 움이 트면 엄마가 젖 먹이듯
살뜰히 보살피면서 육아일기 써보자.

정현숙

《서울문학》(2019) 등단.
《서울문학》(2023) 신인상.
시조집 『행복 하나』.

가을 연가

이 세상 어디 메로 인연을 찾아가나
휘이익 바람 따라 달력이 달려가면
어느새
나도 밀려와
가을 끝을 서성이네.

단풍 비 젖은 가슴 빨갛게 물이 들고
갈바람 무르익어 내 마음 유혹하면
은발이
성성해져도
흔들리며 설렌다오.

거저 받은 은혜인데 가버리면 슬프겠네
청단 홍단 오곡백과 마음 다해 사랑해요
가을아
나의 늙음도
고운 빛에 헹궈다오.

별똥별

마음 조각 맞추다가 유성으로 사라져간
꽃 같은 표정으로 스쳐 가는 한세월아
꿈꾸는
완전한 사랑
눈 깜짝할 저 순간!

만추

노랑 빨강 울긋불긋 익은 꿈 자유롭네
고움도 누추함도 함께 물든 낙엽으로
맘 놓고
섞여져 가는
느지막한 삶의 빛.

외로움

세상의 어느 누가 세월을 다스리나
철옹성 나이테에 꽁꽁 묶인 초라한 나
잊었던
그리운 아침
해 뜨는 곳 어딜까

영국사 은행나무

세상의 한가운데 고요한 장좌불와
천년 세월 짊어지고 씻고 씻은 금빛 얼굴
넉넉한
묵언의 기도
천태산을 지키네

아미산 굴뚝

교태전 뒷문 열고
곱게 웃던 임은 가고
세월을 건너온 듯
우아한 굴뚝 네 채
영원히
남을 그리움
벽돌 빛만 사무치네.

자손만대 태평성대
온몸으로 기원해도
구들장에 깃든 꿈은
속절없이 타버리고
재가 된
옛이야기만
연기처럼 피어나네.

사월의 수유리

떨어진 꽃잎 꽃잎
피멍 들어 잠이 든 곳
할 말을 다 했는지
젊은 넋은 말이 없고
그날 그
눈물 빛 같은
진달래가 피고 있다

세월이 쌓인다고
아픈 가슴 덮어지랴
하늘로 날아가도
마음은 거기 남아
해마다
풋별이 뜨는
수유리의 사월아

조영두

아호 은곡, 1938년 보성 출생
1999년 공직 정년 퇴직(근정포장)
청안 문인협회회장
(현) 대동문인협회회장
월간문학세계 신인상 시 등단
제3회 금제문학상 시조 금상
청안문단 신인상 시조 등단
제4회 청안문학상 대상
정지용문학상 대상
2024년 춘하추동 올해의 작품상
시집「 가야 할 곳이기에 」
「 까치는 안다 」,「 존재의 고독 」

묵계

나뭇잎 이슬 받아 아침을 다스리고
빗물이 목이 타는 땅속을 적셔주니
세상사 약속을 했나 오늘만큼 내일도

풀잎을 몸에 걸쳐 추위를 이겨내고
그래도 모여앉아 사랑을 나눴는데
오리털 뒤집어쓰고 웃지 못한 사람들

욕망을 그려놓고 울지마라 내 탓이다
주머니 채우는 것 태초의 전설일까
어두운 틀 속에서도 섞어 살면 어떨꼬.

세탁소

앞산에 덮인 구름 비눗물이 막아서니
안개 속 잡동사니 제목만큼 찾아간다
향기 찬 고운 빨래가 나누어서 밥 먹네

앞에 뜬 오욕 구름 그림자 지워놓고
갈바람 불어와서 못 살겠다 떠나가니
해맑은 햇빛 아래서 웃음꽃이 피누나

더러운 옷가지를 깨끗이 빨아 입고
늦가을 광야에서 철새들 맞이하니
오욕에 물든 나뭇잎 세탁소로 간다네.

웃는 웃음

미소가 옷소매에 살짝궁 바람 불어
강아지 따라오니 재롱이 아까워라
떠나간 그 사람께서 웃는 웃음 남겼네

북서풍 불어오니 물새들 떠나가고
인생은 돌고 돌아 세월 속에 묻혔다.
얼마나 실없이 웃어야 웃는다고 할건가

세상사 찡그리고 살다가 지나가면
헛 세상 될까 봐서 그냥그냥 따라 웃고
그래도 찾아온 봄날 꽃 웃음이 안기네.

하얀 눈길

하얀 눈 깔린 길에 그 누가 지나갔나
자국에 그만 그만 동그라미 그려놓고
그립다 하고 싶어서 보고 보고 또 보고

아까도 머리 위에 하얀 눈 보내오고
머금은 송이송이 그리움 들려보네
지금쯤 잊혀져야 할 잃은 길을 찾을까

산천이 하얀 세상 조용히 주저앉자
따뜻한 바람 받아 가슴속에 품어보고
그대가 가시는 곳에 다소곳이 서 있을래.

잊으리

그 이름 흘러간 꽃이슬 된 속삭임이
언제나 다름없는 문 틈새 아른거려
뿌리쳐 가다듬어도 햇빛을 탄 미소여

이제는 모든 것이 어디로 가고 있나
미로의 등불 아래 가물거린 그림자가
얼마나 힘들었기에 강보에서 찾는고

상처가 갈대숲 속 사이로 지나가도
푸르름 청순함은 그대로 남았단다
그래도 남기지 말고 잊어보리 잊으리

최규협

아호:신정, 거제시 박물관장
한국 문인 협회. 한국 시조 협회 회원
거제 옥포 원로회 고문
거제 박물관대학 총동창회 고문
거제 박물관 후원회 고문
재 거 사천 향인 연합회 고문
신통일 한국 국민연합 원로회 거제지회 고문
자서전「체험은 길잡이다」
시집「정과 한」,「새벽달」
시조집「구름을 휘어잡아」,「문풍지 스민 바람」

기다리다 가는 꽃

동백꽃 어찌하여
맵시 곱게 단장하고
비 오고 해 지는데
누구를 기다릴까
북풍에
힘겹게 핀 꽃
매미 울자 가 버리네.

그 사연 뭣이길래
일편단심 꺾지 않고
호시절 놓쳐버린
나이배기 철부지야
못 오실
그 무정한 임
한평생을 기다렸나.

외로운 오후

개울물 살가운데
각로청수刻露淸秀 말이 없고
별빛은 수 없는데
연정은 단벌 신사
농익은
인생 앞마당
낙엽만이 쌓여가네.

철새도 임을 만나
집시 생활 즐기는데
그 여인 가신 곳은
그렇게도 먼 곳인지
눈 쌓인
낙목한천落木寒天엔
그림자도 없구나.

*각로청수刻露淸秀-무서리 내리는 가을의 맑고 아름다운 풍광.
*낙목한천落木寒天-나뭇잎이 다 떨어진 겨울의 춥고 쓸쓸한 풍경.

마음과 운명

살포시 해는 지고
바람결 쌀쌀한데
그 모습 다가와서
옛날 길 찾아가니
우리의 노정기路程記는
비에 젖은 철새였네.

창천은 영원한데
인생은 새벽안개
박복한 운명에도
본받을 공성신퇴功成身退
삶이란 일체유심조一切唯心造
마음속에 세상 있네.

*노정기(路程記)-여행의 노정을 적은 글.
*일체유심조(一切唯心造)-세상의 모든 것은 오직 마음먹기에 달렸다
 는 사상.
*공성신퇴(功成身退)-물이란 동.식물을 살려주면서도 그 댓가를 요
 구하지 않으며 시궁창에 버려져도 복종을 하고 낮은 대로만 흘러
 가는 겸손의 표본임을 뜻함.

울적한 오후

세상에 나올 적에
갑옷 입은 죽순처럼
고고성 우렁차게
하늘 문 열었더니
내 공간
못다 채우고
지나온 길 바라보네.

흐르는 강물처럼
가버린 내 청춘아
떠날 땐 혼자인걸
그 누가 대적對敵하리
바람 찬
낙목한천에
시조 음율 너울지네.

초로인생草露人生

서산에 지는 해는
흰 머리 남겨주고
서리 맞은 들국화는
한숨 소리 숨기는데
가야 할
낯선 마을은
길을 몰라 아득하네.

진정한 나를 찾아
길 떠난 유랑 천 리
인생관 조율하며
도달점은 못 미쳐도
참회懺悔의
뒷받침으로
초로인생 즐겁다.

*참회-뉘우쳐 마음을 고쳐먹음

한병윤

울산 울주군 출생, 1989년 월간『동양문학』시 당선,
1989년 계간『시조문학』2회 천료
한국문인협회, 한국시조시인협회,
한국공무원문학협회회원, 울산문인협회
한국문인협회「우리말 가꾸기」위원,
울산시조시인협회, 한국시인연대회원, 문학춘하추동회원
제15회 동백문학상(시), 제23회 황산시조문학상,
제6회 대한지적공사 공모전 수필 대상,
제3회 울산 예술문화상수상(문학),
제 36회 성파시조문학상, 제10회 울산시조문학상,
22회 울산문학상, 제16회 한국공무원문학상수상
시집「쉼표」,발걸음」
시조집『빛줄기에 피는 아침』『겨울 마라도에서』
『봄은 땅밑으로 온다』

꿈꾸는 나목裸木

나무들 언 가지가
흰 눈 속에 떨고 있다
햇빛도 비껴 앉는
차가운 바람 소리
그래도
산마루에 서서
침묵하는 저 겸손

그 많든 세상 이야기
낙엽 모두 묶어 가고
빈 가지 힘살 뻗어
흰 눈을 쥐고 섰다
감은 눈
동공 속으로
감겨 오는 푸른 소망

흔들려야 산다

나래를 말려야 나르는 나비처럼
밤이슬에 젖은 바람 일어서지 못한다
태양이
하늘 위에서
빛내리 뜻 알겠다.

생명들이 움직인다 모두들 가벼운 몸
태풍에도 끄떡없는 흔들림은 삶의 지혜
반발심
꼿꼿한 고집
뚝 부러지는 늙은 가지.

세월

매듭매듭 묶여가는
도둑맞은 내 젊음
뒤돌아 담겨봐도
걸려서 오지 않고
한숨만 바람이 되어
주름살을 긋는다

굽이돌아 떠난 사람
되돌아 오지않고
누가 밝힌 등불인가
밝아오는 동녘 하늘
말없이 서산을 향해
시치미를 떼고 간다.

바위 곁에서

청솔 마디 자尺로 자라
바람으로 가는 세월
골마다 새소리가
깃을 털며 나폴 대고
저 산물
산 바위 씻어
천년 함께 살라 한다.

바위 그늘 밑에서
산향기가 젖어 들면
내 여기 마음 묻어
돌 바위로 살고 싶다
인생의
희노애락이
침묵 속에 삭으리라.

거미줄

가슴속에 감긴 실을
매듭 없이 풀어내어
수직의 공간에다
덫을 친 삶의 터전
바람이
지나간 자리
허기지는 작은 파문.

한밤을 지새우며
그네 뛰는 이슬방울
나뭇잎 그늘 속에
불면을 뒤척이며
한 생명
넋을 부르는
안개 같은 무당집.

현광락

부산 문학인 협회회원
계간 문심 시, 시조 신인상등단
부산 문학인 협회 이사
당진 문인협회회원
당진 시인협회회원
강원시조협회회원
문학춘하추동 이사

그 강가

달 뜨면 여울 물살 윤슬로 반짝이고
고요한 수면 위로 별빛이 쉬어가면
갈대밭
풀벌레울음
들려오던 그 강가

친구

그대의 웃음소리 내 귀에 보약 되고
그대의 작은 한숨 내 귀에 수심 되네
나보다
더 나 같은 벗
오랜 벗이 좋아라

어머니의 하얀 밤

서산에 해 넘으니 풀벌레 슬피 울면
허기져 잠든 자식 길쌈으로 채워주려
희미한
등잔불 아래
들 실 날실 찾는데

달빛은 유정하게 창문에 찾아들고
어머니 거친 손에 가을밤 깊어지면
풀벌레
잠드는 밤을
홀로 새는 어머니

문풍지 찬바람에 서럽게 울어대고
손끝에 품은 마음 지고지순 자식 사랑
배고픔
채워주려는
어머니의 하얀 밤

세월 그리고 해

동편에 오른 햇살
서산으로 가는 길에
한아름 세월 안은
뒷짐 진 저 늙은이
노을이
아름답다며
지난날을 그린다.

어젯밤 서산 너머
조용히 숨어든 해
별 되어 슬픈 눈물
꽃잎을 적시더니
바쁘게
아침을 열어
세월길을 열었네.

노인과 봄바람

찬바람 밀어내고
봄바람 찾아드니
양지쪽 풀 한 포기
즐거워 웃는 중에
하얗게
머리 쉰 노인
턱을 괴고 앉았고.

엊그제 불던 바람
훈풍 되어 찾아와서
깊숙이 숨어 있던
잔설을 쫓아내니
사랑방
나이 든 노인
한시름을 덜었네.

소나무

앞에서
봐도 좋고
뒤에서 봐도 좋아
수만 침
곧추세워
푸른 서기 가득해도
비둘기
보금자리는
편안키만 하구나.

절벽에
비스듬히
위태한 저 소나무
봄 안개
쉬어 가니
한 폭의 풍경화라
해넘이
붉은 노을의
노랫말이 들린다.

종합문예계간 문학춘하추동 시조 선 총

초판 발행 2026년 3월 14일
지은이 고현숙 외
펴낸이 고현숙
펴낸곳 문학춘하추동
등록번호 하동바2023-000001호
주소 경남 하동 횡천면 경서대로 1140 2층 나호
전화 010-3013-2223
팩스
이메일 munhakcnsgce@hanmail.net

ISBN   979-11-991320-5-4
       값 20,000원